安恬诗选 安恬 著

作家出版社

图书在版编目(CIP)数据

安恬诗选 / 安恬著 .—北京:作家出版社,2024.5
ISBN 978-7-5212-2779-6

Ⅰ.①安… Ⅱ.①安… Ⅲ.①诗集—中国—当代 Ⅳ.① I227

中国国家版本馆 CIP 数据核字(2024)第 083354 号

安恬诗选

作　者:	安　恬
责任编辑:	朱莲莲
装帧设计:	张子林
出版发行:	作家出版社有限公司
社　址:	北京农展馆南里 10 号　　邮　编:100125
电话传真:	86-10-65067186(发行中心及邮购部)
	86-10-65004079(总编室)

E-mail:zuojia @ zuojia.net.cn
http://www.zuojiachubanshe.com

印　刷:	河北京平诚乾印刷有限公司
成品尺寸:	130×185
字　数:	56 千
印　张:	6.25
版　次:	2024 年 5 月第 1 版
印　次:	2024 年 5 月第 1 次印刷
ISBN 978-7-5212-2779-6	
定　价:	42.00 元

作家版图书,版权所有,侵权必究。
作家版图书,印装错误可随时退换。

愿一缕轻风把这些充满爱的话语吹向你

环绕在你周围

像一件隐形的美丽披风

眷顾你的生命

——《祝福》爱尔兰诗人 John O'Donohue

目　录

行走的力量

你就这样行走在如水月光的荣辉里（一）/ 003

你就这样行走在如水月光的荣辉里（二）/ 007

在帕德拉大街上拍照 / 013

指尖上的流浪 / 017

巴黎　巴黎 / 022

天边那一树繁花 / 028

初冬的温暖 / 031

苏黎世的雪 / 039

温　暖 / 043

明信片 / 046

四　月 / 048

偶遇暴雨 / 053

夏日湖畔即景 / 057

父　亲 / 060

午后打的一个盹儿

午后打的一个盹儿 / 067

我，在这里冥想 / 072

冷空气 / 078

静静守候 / 081

火烧云 / 084

在我的梦里闪耀着你的光芒 / 086

蚂蚁与城市丛林 / 090

悬　置 / 093

眩　晕 / 102

秋　日 / 104

狂风暴雨的世界 / 107

世界上最浪漫的事 / 110

安　静 / 113

雨 / 115

轻轻听 / 117

恩施绣球 / 122

月 / 124

偶　遇 / 125

请对生命说"是"

我祈祷 / 129

遗失的那份诗稿 / 131

雨后蜗牛 / 134

那一刻 / 135

七　月 / 139

四月·广州 / 144

我　们 / 146

一根稻草 / 151

山竹，你看了我一眼 / 153

与自己和解 / 157

晒背图 / 165

正念·身体·扫描 / 173

借由同意，你便获得了力量 / 178

山，就在那儿 / 184

后　记 / 189

行走的力量

走在被时光雕琢的林荫道上,清风拂面,舒爽愉悦;走在高大俊朗的杉木林前,内心为其挺拔的身姿所折服;走在峰回路转的幽兰谷底,闭上双眼,嗅嗅花的清香,心亦悠然自在地飞翔。人生就是行走,良辰美景时行走,艰难困境中也在行走;两条腿走,坐在轮椅上或手拄拐杖也要走,只要你能走得动,就会在行走的路上获得疗愈与力量。放下目的和企图心,在阳光白云之下,深深呼吸,温柔地与身体对话,用心体会自然母亲带给你的快乐和温暖。

你就这样行走在如水月光的荣辉里（一）

湿热的风黏在脸上
谁家的鱼煎得焦香

你，站在三十五层楼的平台上
仰视天边的月亮
它仿佛施了魔法
刹那间
定格了山川河流
以及城市的
车水马龙

它的安闲透着狡黠

却将你罩在母性的柔光里

恬静优雅

那笑容

大而明亮

纯净无瑕

又似蒙娜丽莎般神秘

不可揣摩

它

就是永恒

洞穿历史赋予的任何意义

毫无遮拦

俯瞰

芸芸众生

你

肃然起敬

低到了

尘埃里

西方

落日的余晖忙着燃烧

那金黄

正灿烂

燃尽了白云苍狗

烂漫绮霞

地面上的钢筋丛林

波状起伏

霓虹闪烁

穿梭不停

它们不是

广寒客

你就这样行走在如水月光的荣辉里(二)

从热带雨林到北国冰封

从热气腾腾的青葱岁月到满目苍凉的中年时光

夸父追日般

疲惫不堪

又

执着如旧

可它就在那儿

不离不弃

太多的记忆里

它善变而模糊

令天空乌云密布

游移不定

晴方好的瞬间

它，就是你的诗和远方

是的

无论云游

或者

蜗居窥视

它就在那儿

直击你的灵魂

坦荡荡

在它面前

没有谎言

即使是张爱玲

也让爱情

发出了

执子之手，与子偕老

这般

大而模糊的

誓言

或许有一天

你如那个漫游者一样

于寒冷的冬夜

找到了　幢有面包和美酒的房子

迈步进去的瞬间

痛苦已把门槛变成了石头

或许

你依然行走在路上

任凭风吹雨打

奔向

心中暗恋着的那片

朦胧月光

摇曳着

晃动着

梦里雾里一般的

沧海桑田

日子

若牧歌般雅致

滚动起来

却又

坚韧如水

流淌着的

不是喷薄欲出的激情

而是缓缓淡去的依恋

完美是不可能的

因为

生命也一直在走着，走着

斑驳陆离的月色

亦贴紧日渐衰老的容颜

沉浸其中吧

不要错过一点点

哪怕是

飘在

月亮和你之间的

那片云烟

2020 年 11 月 19 日 初稿

2021 年 10 月 1 日、10 月 5 日 改稿

在帕德拉大街上拍照

帕德拉

上下嘴唇轻轻触碰

舌根部高度紧张

极其颤抖的

小舌音

瞬间喷发了它

张扬、奢侈的迷彩

宛若其环绕的核心街道

班霍夫大街

神采飞扬

帕德拉

它是班霍夫的羽翼

恬静、优雅地

静卧在

中央车站广场深处

聚拢着带翅膀的神像

在帕德拉的触角延伸处行走

有如回味过去历史的寂寥

橱窗里的摆设

缠绵悱恻

极尽奢华

它的穿越

供奉着苏黎世几个世纪以来的富丽与排场

这是迷惑的街道

古代雕刻的男神女神

翅膀还在飞翔

又诱导着

咣当咣当的有轨电车

奔向远方

库普城里的高价位

冰冷而有礼貌

默默地注视着

你和我的

来来往往

手里的可乐不甘心般苦笑

混合着的甜味素与咖啡因

滋生的

是世界平民的臃肿与肥胖

在二十一世纪的帕德拉街道上拍照

仿佛与文艺复兴时期的浪漫相遇

灵性自由

浮华奔放

多少沉浮隐匿在它身后

过往烟尘

亦沉醉于

静谧与喧哗的奇妙

2018 年 10 月 10 日

指尖上的流浪

手指触碰琴键的刹那

音符便在心间荡漾

冰冻一个世纪的巨石

瞬时缓缓融化

似涓涓溪流

滴淌着无尽的思量

缱绻起伏的山峦

层层叠翠

绵延不绝的松涛

阵阵激荡

指尖深处

记忆碎片

冲刷着

嗷嗷待哺的奢望

有轨电车的轨道

铺向时光的彼岸

那里哐当哐当的

是这座城市

打的一个盹儿

梦里梦外

急匆匆的脚步

橱窗前晃动的脸

还有

那奔波于打盹儿路上的

欢喜与

忧伤

黝黑的新娘

手捧鲜花

固执地以电车为伴

坚毅的铁轨

并行

在新郎与新娘之间

舞动着

青春的

模样

骤雨

疾驰而来

硕大的雨点

噼啪在

奔跑着的

狂风之后

在怀旧的街道

痴心妄想

凸肚般的月

冷飕飕的风

散落在湖上的波光

那盏航灯

红得耀眼

又

暗得出奇

斜靠在高处

忽隐忽现

诉说着

归心似箭的

返航

2019 年 1 月 13 日 于 Zurich Musik

（德语）苏黎世乐器行

巴黎 巴黎

铁轨在隧道里

横冲直撞

一不小心

刺耳的紧急刹车

便会绞痛

刚刚平复的心脏

\

乌泱泱的过客

无关痛痒的眼神

黑漆漆的车厢

铁皮的惊叫

刹那间

刺破咣当咣当的沉静

惊散睐瞪之中的魂灵

不经意的一瞥

陪伴狂野的狮吼

在黑暗里

销声匿迹

防空洞

破旧不堪

诉说着以往的

战争沧桑

残旧暗淡的台阶

是通向昏黄灯光的希望

衰落的墙壁

爬满了古怪夸张的

灵异臆想

地铁入口处的栅栏

刷卡的刹那

开启了里里外外

百年巴黎的

奇遇

魂断蓝桥

失火的巴黎圣母院

小提琴的忧伤

暗衬了

黄昏时分的

夕阳

哭泣的哥特式塔尖

布满脚手架

现代工地的裹尸布

遮挡着巴黎灵魂的

残年

以及

敲钟人夸西莫多

永远的

黯然神伤

贝聿铭的

金字塔尖

卢浮宫脸上的一道疤痕

折射了

巴黎咄咄逼人的欲望

塞纳河左岸

咖啡馆

飘散的不只是咖啡的香气

更是汇聚了思想家们的神采飞扬

地牢的墓穴,双叟与花神

以及浪漫、忧愁与灵感的丁香园

这些来自屋顶平台的遥远梦境

仿佛寂静的绿洲

抚慰了漂泊无定的心

而今成为膜拜者们朝拜的花房

巴黎

思想璀璨

艺术家的天堂

巴黎

藏污纳垢

招摇过市

傲娇迷惘

如此神秘的魔力

最接近

世界的真相

2019 年 7 月 14 日至 7 月 16 日

赴巴黎观感之一

天边那一树繁花

邻居家的说笑

就在彩云追月的路上渐行渐远

靛青色的夜空也慢慢垂下宽厚仁慈的臂膀

汇拢着树荫底下的臣民

平静安详

这是一个极其纯净的周末

纯净得

仿佛瓦伦湖的碧波荡漾

那场粉色的梦

斜挂在天边

默默无语

陪衬着

天长日久的轮回

亘古以来的繁花

吐露芬芳

栖息于

周而复始的

嘀嗒声响

静夜思

那一束芳华

背上了

悠长而又悠长的

行囊

2019年8月24日晚9点,

坐在Thalwil阳台上

仰望夕阳余晖由衷而作

(发表于《江南诗》2020年第6期)

初冬的温暖

寒冷

并没有事先叮嘱

便将翠海般的澄净

吹成了斑斓多姿的金黄

它调皮的身影

也覆盖了远山

鳞片般闪烁的翅膀

雪山

飞狐

那是久远的记忆

与金庸笔下的梦

缠绵

然而

刀光剑影

侠肝义胆的

臆想

远没有眼前

近在咫尺的凝视

荡气回肠

那是怎样的

冰与火交融的灿烂

赶

十一点四十二分的火车

脚踏着驳杂支棱的落叶

齐刷刷地

感应着

咯吱咯吱的

叶的

刚强

此时

耳边传来

悠扬回荡的钟声

当——当——当

那是教堂的功课

昭示着人们与大自然间的安详

迎面走来

镇上的居民

擦肩而过

匆匆

又匆匆

妄想当作过客

却在仓促间

回应她们明媚的

你好

你好

哦

我新奇的

里希特斯维尔小镇

每天用脚丈量

黄昏的和谐

下午四点五十分

太阳

躲到了群山背后

打起盹来

枝条

环抱着自己

光秃秃的臂膀

打算

沉入黑夜的梦乡

然而

天光

依然闪亮

凛冽的清冷

夹杂着入冬的迷茫

裹挟着

满地的衰草枯叶

离开了树干

奔向远方

流浪

一位高大笔挺的男子

推开了

自家的篱笆门

那条棕色的看家狗

无声地

雀跃

欢迎

手拿公文包的

主人

归来

天空

灰蒙蒙的

暮色已悄悄
临近

谁家的钢琴
时断时续
巴赫的复调
支离破碎

波德莱尔的忧郁
在黄昏的天空中荡漾

此时
一轮下弦月
斜挂在男人家的屋檐
仿佛一条小木舟
雕刻着
昏黄的

印象

鳞次栉比的
房屋
燃起了温暖的火烛
那是
回家的力量

2018 年 11 月 17 日 黄昏时分出门买东西，
见小镇人与物，记录下来

苏黎世的雪

你

总是在不经意间

悄然而至

一簇簇

一蓬蓬

装点着

童年的幻影

那是悠长的

凝视与赞叹

阿尔卑斯山的精灵们

舒展着筋骨

飞跃到

好心眼巨人的

长笛里

唤醒

一个个

酣睡的

髫童

手提小滑车

爬向山顶

然后

唰——

一下子

滑出你的

痴情

寂寥的原野

踏雪无痕

灰蒙蒙的湖水

亦冷得发抖

数只水鸭

聚集在一起

取暖抱团

咿呀啼鸣

我

摘下了手套

拾起你

冰冷的

热情

掷向远方

那里有

苏黎世中心的

圣母大教堂

以及利玛特河两岸的

风景

　　　　　　2019 年 1 月 10 日 观雪有感

温　暖

密集的雨伞

撑开了天空之城

看不到你的眼睛

只有那片刻的宁静

伴随你的脚踪

可是

疯狂的北风

吹散了雨伞的魂

摇摆的骨架

触碰的

是

冰冷的

雨滴

下午三点

湖面

已经一片迷茫

那是雨打的水雾

倾诉着古老而重复的痴情

街道

亮起了

一盏盏灯

那灯光

如初春的花骨朵儿

天真无邪

给外出的人们
擦亮了迷茫的双眼

刹那间
有些恍惚
仿佛这场雨
滴回到了
童年

        2019 年 3 月 14 日至 3 月 17 日

明信片

迈恩费尔德的小屋
Post 摇晃着黄色的身躯
探出了天蓝色的记忆
那是时光回溯的童真凝视

手
按着邮戳
嘭的一下
将海蒂的笑脸
戳进了远方的希冀

所有的记忆都会淡去

连同那个戳记

仿佛空中飞鸟

不绝于耳的

是它丝绸般的

窃窃私语

四月飞雪的迎春

落地生根

陶醉的是

五月初夏的晴岚与欣喜

哦,小小卡片

海浪也无法拦阻

它飞往未来的羽翼

      2019 年 4 月 9 日

四 月

四月,
行走在
迈恩费尔德的山间小道,
那里,
绿草如茵,
牛羊成群。

四月,
畅行于群山的怀抱,
渴望贴近大地,

与它融为一体。

嫩黄的无名小花,
笑眼盈盈,
迷恋着
一颗颗
驻足观赏的
心。

四月,
和一个名叫
海蒂的小女孩
不期而遇。

一个被剧作家不断虚构的小女孩,
竟然
跃出约翰纳·施比丽的笔墨,

跳离了阿尔卑斯山上的小村庄
飞到世界各地,
三十年前滋生了我关于梦想的
羽翼。

四月,
阿尔卑斯山边的白云啊,
讲述了萦绕于人们心中
关于小海蒂永远的记忆。

而她生活过的
那座原始的小木屋,
夕阳映射中铺有干草的阁楼,
还有那两头时刻等候小主人放牧的山羊,
燃起了
春天的勃勃生机。

那是

于重峦叠嶂之间

翱翔的雄鹰，

是

在茫茫雪原里自由驰骋的

希冀。

四月，

艾略特说它残忍，

我说它是奇迹。

一个善变的季节，

凝聚了

枯山水般的幽静，

承载了太多的

绿意盎然

与

雨雪交加的

博弈。

四月,
在虚构的现实中行走,
也在现实的梦想前
寻觅。

  2019年4月13日 去海蒂村游览
  后有感而发,14日又逢下雪而作
  (发表于《江南诗》2020年第6期)

偶遇暴雨

夏日的悠闲

尽在绿草茵茵的地毯

一张桌布

摆满的

是落日余晖的

慵懒与安逸

还有

人们惬意的笑脸

小石子路

铺进人们的视野

脚底的咯吱声

也唱响在黄昏的

安然静谧之中

湖边

窄小的栈桥

连接的

是

探进湖水

激流勇进的

游泳者

刺骨的湖水

消耗了

他们多余的脂肪

以及对夏天的

热情

猛然

一道闪电

闪耀于渐渐密集的乌云缝隙

撕咬着

乌云与湖畔的边界

似要践踏

穿行在草地上

杂乱无章的

脚印

还有

急匆匆

逃向岸边的

人群

波浪翻滚

应和着

密云与雨滴的和鸣

那一艘游船

似白色的海燕

在疾风暴雨中航行

避雨

在矮小的

候船厅

等候一场

雨后天晴的

彩虹

      2019 年 6 月 19 日晚 21 时 30 分

       于苏黎世 Thalwil

夏日湖畔即景

那只花斑点狗

扑腾着前爪

刨向湖里的绿球

一个鱼跃

嘴

叼起了漂浮的诱饵

炫耀般地转身

游向岸上的主人

这是夏日炎炎的傍晚

草坪上躺满了晒太阳的人

铺一张床单

太阳镜

书

还有简单的行囊

白晃晃的

全部

献给太阳

酷暑

把人们

推向湖畔

海燕

箭一般

划过晴空

倾诉了

一个鲜为人知的

秘密

    2019 年 7 月 2 日 于 hörgen

    苏黎世湖边观景

  （发表于《江南诗》2020 年第 6 期）

父　亲

大手攥紧行囊
目送远方的游子
蹒跚前行
生怕他一个踉跄
摔出父爱的距离

那一刻
生命是一袭华美的袍
袍内的色彩
与眼前的风景

一样

漪旎

山林深处的雷鸣

惊扰了湖水的安宁

鹭鸶

抖落掉

纠缠于脚上的淤泥

震颤着翅膀

飞向丛林

那是父亲的领地

华彩乐章

你视而不见

微小的鹭鸶

却在心中

放大了

它的神奇

尼罗河的三角洲

渐渐消失

无论多么坚固的大坝

始终无法阻拦

河堤决口

洪涛瓦砾

虚拟的灾难

远离了今日的喧嚣

却无法拔去

父亲

早已植入你生命的

根基

所有的记忆都会淡去

连同那个标示父亲的戳记

仿佛空中飞鸟

不绝于耳的

是它丝绸般的

窃窃私语

四月飞雪的迎春

落地生根

陶醉的是

五月初夏的晴岚与欣喜

笔墨

渴慕

思念源泉

夏季

刚刚萌动

你的笔下

已然开花结果

父亲

一个与时间无关的

永远的希冀

      初稿于 2018 年父亲节，

       2019 年 7 月 20 日

       改于苏黎世 Thalwil

午后打的一个盹儿

记忆是一条路，随时都能拐弯；

记忆是一条河，常常被无情地截断。

记忆是无休止的提醒，错了再来，来了再错。

记忆是脑中隐隐约约的预感，被冥冥之中的力量掌控。

记忆是实实在在的无奈，那一瞬间，一切都是空白。

相信记忆吗？你会错得无言以对；

不相信呢？记忆让你重蹈覆辙。

面对它，你会无语，只能任凭时间的触角肆意挥霍。

是的，挥霍。

记忆，带给人生的，就是无法抗拒的挥霍与诱惑，

在它扑向你的一刹那，束手无策……

午后打的一个盹儿

北京时间

早上五点

太阳升起前的黑暗

路上

洒水车的轰鸣

惊醒了梦中的

你

手表

依旧停留在

苏黎世

半夜

十一点

梦中的那份孤冷

铺天盖地地

袭来

仿佛

少女峰上的冰洞

浸入骨髓

恍若昨日

游船起锚的刹那

澄碧的湖水荡起

千层涟漪

那一刻

犹若千言万语

却无语凝噎

是的

当你凝望窗外

曙光

一寸寸发亮

当你

平安抵达家园

热泪盈眶

你知晓

那一方痴幻般的眷恋

伴随时差的轮回

早晚会消逝在远方

所谓诗意

不在远方

它只是你心中

最柔软的力量

你总想

擦亮

每日灰蒙蒙的雾霭

撑开

往昔的那一片湛蓝

亦渴望

拨开

眼前的忙碌

换就

那一份纯净与温暖

然而

所有海外的记忆

只能是

午后

打的一个盹儿

醒来

生活依旧啰嗦而日常

哦,梦中的苏黎世

多想

张开明信片的翅膀

带着这一年

走过的轨迹

再次飞翔

2019 年 10 月 4 日深圳

早起，有感而发

我,在这里冥想

一

我,在这里冥想
我,在这里冥想

在日光热烈的亲吻中
风隐藏在流浪的波纹里
贴紧靛青色的海浪
放逐　游荡

一日追逐一日

雪，一团团
静卧在青松的枝干上
守护着昨夜的梦
不忍随风荡漾

一只黑色老鹰急旋而下
为了它挂在嘴边的念想

哦，仅剩下耳边教堂的钟声
应和着邻居家的炊烟袅袅
我的眼神布满了迷茫

时光坚硬如水

远处，火车穿过小镇的轰鸣声

依旧响亮

我，在这里冥想

二

我，在这里冥想

我，在这里冥想

我在寒冬的日子里冥想

思绪乘上冰川列车

横穿阿尔卑斯山脉

漫山遍野的雪浪

冲刷着我内心的波涛

它永不停歇

我在这里冥想

在思念绵绵的冬日里

冥想

有人荡舟于江波
奋力拼搏
只为了呼应远方雪山的呼唤

也有人像我
呆滞无神
心如止水
似在虚构远古传说中的诡异与苍凉

然而

梦境亦会淡出我的视线
微不足道
像翻过的日历
渐渐被岁月遗忘

当正午来临
阳光普照
雪山却如此淡定
无视我
在这里冥想

三

我,在这里冥想
我,在这里冥想

我的倦意
和日光之下的虚空对峙
日渐惨败

其虚张声势
虽像顽固的狩猎者
持矛上阵

却仿佛被巨大的鱿鱼缠裹了腰
越抽越紧

穿过你的日光
我的灵魂是湿的
更远处
正午的阳光
转动梦的齿轮
为虚空闪亮

我,像古老的锚
在这里惆怅

　　2019年1月18日中午,昨晚整夜大雪,今晨雪后天气放晴。坐在特斯韦尔家中,凝望远处的雪山、湖泊和青松,以及邻居家的炊烟袅袅,心生思念,写下了这首诗;2019年7月7日修改于苏黎世Thalwil。

冷空气

冷空气

裹紧皮囊

宛若透明之羽翼

扑腾着

欲罢不能

绵长的白雾

掐灭

夏日的

希冀

抬眼是

灿烂骄阳

你说

世界

温暖如洗

伯克利广场

攘攘熙熙

如同往日

眺望远山

闪烁不已的

银色呼唤

是雪山飞狐的

妩媚

摇曳生姿的

浮云

伸手可及

却又瞬间飘逝

冰凉若

乡土的藏匿

秋浸如水

漫入心底

2019 年 9 月 11 日

静静守候

黄昏

多么像即将合拢的帷幕

提醒你

尘埃落定

大幕之内

清晰可鉴

隔壁邻居

噼啪碰撞的刀叉

以及

大声吆喝的酒话

坐在阳台上发呆

凝望天际

静静守候

守候

内心深处的坦诚

破解

天边粉色的热烈

静静守候

把自己包裹成一片面包

浸泡在暮色的沉静与安宁

静静守候

如扬起航程的港湾

吞吐天地万物间的进出与生长

静静守候

渴盼那一份温暖

触动心头的一方

柔软

静静守候

那一轮明月

阴晴圆缺

2019 年 9 月 13 日 中秋节

火烧云

你，是燃尽辉煌的灿烂

用你的粼粼波光

铸造

波德莱尔笔下黄昏的大祭坛

那一份热烈

肃穆壮观

你，是 N 次元维度空间中的烂漫

跨越天际的荣耀

触碰了

孩童时期的天线

那一场梦幻

醉意阑珊

是的

消散的是时光背影

空谷回荡的

是无限之美的

咏叹

野火烧不尽

春风吹又生

    2019年7月26日、9月15日

    于苏黎世 Thalwil

    家中观火烧云有感

在我的梦里闪耀着你的光芒

犹记

去年春天

懵懵懂懂的三月

我们抛却了繁冗的拖累

来到了你的身旁

凌晨五点的读书声

伴随晨起的鸟儿

还有满天繁星

和你一起

重温多年前朗朗的读书时光

紫荆花

飘落在

你心灵的水面

汇成一股出海的潮流

奔向远方

还有那条

通往清雅园的

甬道

迢迢而妖娆

玉兰飘香的时节

我们

不经意间

捡拾着

悄然落下的

微梦

然后

遥念

云栈

流失的

微醺花絮

怅然若失

哦，我的记忆

是中年的沉重、牢骚和寂静的操场

是白云山上的清泉

洗涤内心积淀已久的焦灼与忧伤

你的目光漫游，春天已远去

木棉的红硕

紫荆的迷茫

抵不上三角梅的热烈

它

刺穿了溽热的空气

还有

滴血残阳

更远处

黄昏绚烂

致敬

寂静的水塘

在我的梦里

永远闪耀着你的光芒

2019年1月26日 于苏黎世特斯韦尔

蚂蚁与城市丛林

看似热烈的阳光

清冷与炙热胶着

唯恐

晒化内心深处的

战战兢兢

远处

蜘蛛网一样的

电线

探向了未来的

自我

不敢相信

每日

穿行在

丛林之中

如蚂蚁

搬家

规矩

定向

慢慢腾挪

那一刻

夏洛的网

映照着

夕阳西下的

麦秸垛

     2018 年 9 月 29 日

悬　置

啪嚓

单腿跪地

胳膊肘滑向体侧

脸颊

触痛了烫热的

水泥地

那一刻

只有意识是清醒的

台阶绊倒了

你

急促的心

冰冻的塑料瓶

及时传递到手上

冰冷着血管和神经

膝盖处

一个小洞

仿佛眼睛

明察秋毫

幸好是在医院门前

幸好是去探望一个懂德语的朋友

幸好急诊的医护冷静而执着

她坚毅的眼神透着体贴与温柔

即使是在繁复规矩的德语表述之中

严谨细致的毛孔

也

洇透在

脸颊的辣痛里

越来越有温度

仿佛不断热化的

冰袋

你

被痛楚

悬置

护士的紧急治疗渐行渐远

朋友的殷切询问亦

仓皇出逃

冰冻

疼痛

搁置

候在医生的门外

夹缝等待

看与不看

这是一个值得思考的问题

打开嘴巴

上下开合

表明你能听懂旁人的话语

闪动眼睛

清澈见底

预示你内心

纯净

没有流血
能够说话
证明你意识
清醒

是的
你
完好无损
只是
被悬置

被万里晴空
被山长水远
被炫目的美食
亦

被母亲的疼爱

甚至
被刚刚出生的宝宝
你所要探望的婴儿
悬置

她
中西合璧的肤色
仿佛午后的阳光
刺痛了你的内心

你
在密不透风的
言语间
穿行
迷失

悬置

在

风的

问候里

斜晖如常

思绪

如掉落的书本

静卧在脚边

观望

树

时间胶囊

一旦丢失了灵魂

全然不记

一切过往

山
孕育了希望
每一次叩问
听到的
却是惊悚的
轰鸣

风又起

黄昏来临
诗意与现实对峙

这时
天边
坠落了

暗蓝色的

忧伤

2019 年 6 月 21 日作，7 月 6 日

完成于苏黎世 Thalwil

眩　晕

炸裂的湖面

一层层荡开

如日晕

生机

无限

敞开心扉的

七色眼影

妩媚灿烂

装点了

每日的蜜语甜言

你那调皮的一瞥

重如泰山

何时才会

蓝天重现

     2019 年 11 月 1 日 有感于

      朋友拍的照片

秋　日

是时候结束了

夏日狂潮

青黄混杂的迷茫

让风吹过最后一片波澜

让脚下的土地也更加撒欢

哦，南方的好天气

云里雾里，朦胧之间

看不清彼此

谁此时看不清遥远

就闻不到咫尺的芳菲

谁此时迷茫

就永远迷茫

而遥远的湖对岸啊

那里垂钓的人们

正在把时间的钩

甩给未来的河流

奔向远方

白天鹅

舞动着翅膀

彷徨之后

再飞翔

天湛蓝　湛蓝

树橙黄　橙黄

高耸云端

就眼睁睁地看着流水潺潺

就绞尽脑汁写给虚空与未来

林荫路上

斑驳的树影

流往异乡

最爱你成熟的金黄

散发着婀娜的芬芳

走在秋日的闪耀下

我把太阳收进心囊

2019 年 10 月 31 日初稿，

2020 年 10 月 17 日二稿，

回忆苏黎世湖畔有感

狂风暴雨的世界

六月

密云

翻腾着积蓄一天的能量

劈头盖脸地

直冲而下

夏雷阵阵

夹杂着

狂风的呼啸

听起来

犹如

春雷滚滚

一浪踏着一浪

气温骤降

仿佛

一脚踹开了

春寒料峭

阳台上

雨布

吹着口哨

意欲掀起

与风雨的搏斗

偶尔张开的一角

透出天光暗淡的味道

然而

光线

依然闪亮

那是对面聚会

忽明忽暗的逍遥

狂风暴雨的世界

心

在某处

寂寥的角落

抛锚

                2019 年 6 月 15 日 于

                苏黎世 Thalwil 家中

世界上最浪漫的事

隔岸的灯火
在锅碗瓢盆交响曲中
闪亮
水滴还在缠绵
试图与灶台的余温
一起
残喘挣扎

掀开窗帘的刹那
漫天飞舞的鹅毛

顷刻间

席卷了

我

蜷缩于心底的疲乏

妖娆灿烂

火树银花

它是无声无息的

泼墨挥毫

又是热热闹闹的

洋洋洒洒

哦,我心仪的雪花

世界上最浪漫的事

就是仰望星空

数算着夜色

融化为银装素裹

在沉寂中越飘越远

传递给南国

一杯

清新温婉的

早茶

2019年1月9日晚观苏黎世大雪有感

安 静

最是刹那间的温柔

滴在落叶缤纷的午后

似锦如花的繁茂

藏不住清雅隽秀的眼眸

看流水飞瀑

桂舟安流

甩开捕蝶的网

晖斑点点

迷乱的翅膀

庄周扑蝶的奇幻

苍翠欲滴的时光

全部

一网打尽

2018年1月20日

雨

残存的那一抹阳光

刹那间被漆黑的乌云吞噬

天空又一次

剩下了

冷漠无情

也许泪水

随后即到

它铺天盖地

如缠绵的忧伤

没完没了

静卧枕雨眠

那堵墙

被淋成了

一道

推往世外桃源的

门

2023年8月7日 于腾冲伊甸园

轻轻听

时间的齿轮

请你停一停

来听一听

我的心思

想要诉说什么

轻轻听啊

轻轻听

请把目光

定格

捕捉住刹那的慌乱

与懵懂

心

延伸到天际线以外

渴望

安宁

转瞬即逝的念头

在脑海里游泳

一浪铺过一浪

亘古流传的化石

演变着千年一遇的

传奇

尚有余温的牵手

似乎亦是转世的盟缘

漆漆的黑夜里

有一丝亮光

它的清澈

浸润了

内心最深处的

柔软

哦

我的冥想

依旧

未曾开始

2021 年 3 月 28 日

和诗：放下

于文顺

如果给我片天空
我会放下地平线的柔软

如果给我飞翔的翅膀
那就是晨起的帆

她的泪滴成海
那口井意味深远

心如井绳

拽一点

芦苇飘摇

拽一点

曾经的草原

咕咚

又咕咚

有谁问

故事可曾走远

2021 年 2 月 17 日

恩施绣球

若不是吊脚楼上的那只绣球

凌空抛向一千年后的你

谁会想到划破静寂的天籁

是你镜头后的温柔

那一束青缕

消散于冷峻的怒射

清亮高亢的热情

也一同渐远渐行

时间在午夜流淌

恩施冰封于远方

……

2017 年 11 月 1 日 于恩施

月

甩开捕蝶的网

天光弥漫

支离的翅膀

庄周扑蝶的奇幻

全部

一网打尽

午夜流淌的波光

为往事干杯……

2017 年 12 月 18 日　于广州

偶　遇

美人树下

散落着异形木棉花的相思

百老汇的影院里

心有灵犀的音乐还在飘荡

广外的院落

石头倾诉着托尔斯泰的忧伤

还有雨果的浪漫

贝多芬

扼住命运喉咙

仿佛要再一次回放

时间就在那一刻驻足

十年的距离

化作林荫小径上惊喜的传奇

那是怎样的机缘巧合

才修来如此浪漫的偶遇

    2017 年 12 月　第一次去广外，偶遇

请对生命说"是"

Seasons of Glass and Iron.

(岁月静如玻璃,年华砥砺于铁。)

—— Amal El-Mohtar(阿莫尔·厄尔-摩塔尔)

    日常的美看似平淡,实则不易,它不是隔岸观火,而是倾注了无私的爱心与热情。其实生命的韧性也就体现为这种日常的坚硬如水和灿若星辰。

我祈祷

山野里的风

吹动着树的外衣

发出阵阵响声

云雾缭绕若霓裳

长袖飘飘

瞬间

便写了大山的模样

黑暗锁不住山的缠绵

风起云涌

变幻莫测

风雨亦藏在重峦叠嶂里

安稳了脚步

静听

山的呼吸

以及山与山之间的

呼唤

你把世界锁进了深山

黎明的光啊

何时能照进行路人的心灵

为崎岖山路

张开温暖的怀抱

一切安好

2023 年 8 月 3 日 黎明前抒怀

遗失的那份诗稿

日子一天又一天

坚硬如水

记忆也像冬季的花朵

每天都是苍白的脸

在刷屏的指缝间

悄悄流逝

钥匙拧动门锁的瞬间

湿霉的气流

好像盼到了救星

迫不及待地

冲出来

钻进我的鼻孔

无人呵护的办公室

仿佛安静的孩子

默默看顾自己的玩具

然后,一心一意地

等候

……

诗稿

安然无恙

静静地

躺在打印机上

无人问津

多日来的烦忧

销声匿迹

而诗歌

就像古老的锚

被人遗忘

黑夜来临

那烦恼的诗意

与诗稿对峙

却飞得遥远而美丽

我那失而复得的诗稿哟

……

2018年1月12日

雨后蜗牛

一只触角

企图逃逸

另一只

探到了新绿

好吧

喘口气

歇息歇息

2019 年 9 月 23 日—— 27 日有感

那一刻

生命是一袭华美的袍

我不知道

袍内的色彩

是否同样

耀眼

艳丽

华彩乐章

你

视而不见

微小的蜂鸟

却在心中

放大了

它的神奇

笔墨

似乎从未

思念源泉

夏季

刚刚萌动

你的笔下

已经开花结果

然而

生命也是那样的

不可思议

心

在那儿

手和笔

却已

分离

那一刻

眼

无语

也

无力

那一刻

被你无限放大的

那一刻

在你启动

出发按钮的

瞬间

已

离你

远去

2018 年 6 月 29 日

七　月

生命的色彩

炙烤

热烈

与站台无关

脚，刚刚抬起

雨

滴落

心口

冰冷

随意

凤凰花开

烂漫

奢靡

仿佛一幕幕

画布

装点

痴迷的愿望

阴雨

倾诉着

大地与苍穹间的

悱恻缠绵

攒动的人头

拥挤的体味

空旷的心

那一刻

思绪飘向远方

多年的冷漠

蓦然闯入的电话铃声

切断了双城的战战兢兢

你,还在吗?

梦

苏醒的

瞬间

从窗口冲出

你,是自由的

田野里的风景

路途的坎坷

可知你心中的

波涛汹涌

大自然的鬼斧神工

隐匿着你的身影

穿过这幽暗的山谷

寻找它给你的礼物

你可知

远方

等待着你的想象

用

你永不回头的速度

2018 年 5 月 17 日

四月·广州

三角梅

怒放

热烈

冷艳

孤芳自赏

木棉树

高傲

硕大的花朵

化泥成尘

孕育
来年的
红颜

落叶
层层铺垫
藏匿了
春天
喜新厌旧的
未来

四月
像一支古老的锚
锈迹斑斑
固执地守望
穿越天际的目光

2018年3月29日

我　们

风吹

紫荆花落

满眼的缤纷

缓缓倾吐

迷人的

气息

三月

已远去

拾一朵

悄然落下的

微梦

遥念

云栈

流失的

微醺花絮

许巍的我们

尚未唱完

我的天空

阳光

灿烂

在密不透风的

言语间穿行

迷失

是收获的

代名词

这时

渴望

风

的

问候

微醺

沉醉

许久不见的自由与宁静

那一刻

只是幻想中的凝眸

其实很累

拾两朵

悄然遗落的微梦

芬芳与忧伤

温暖

绽放

当大海翻腾波涛汹涌

我与你展翅暴风上空

我要安静

……

日子一天又一天

坚硬如水

如何让你的灵魂

永葆新鲜

……

2018 年 4 月 广外进修

一根稻草

五月的太阳

不似从前

那般温柔

它

内心的热情

仿佛

焦灼的火焰

急切地

向外燃烧

炙烤着

芸芸众生

突如其来的
一场暴雨
恰似太阳与大地间的一次邂逅
浪漫而急促
抚慰了
那颗躁动不安的心

你
就是
那根稻草
飘着
别说话
……

2018年6月3日 于广外

山竹,你看了我一眼

没有你的

顾盼生辉

日子

平淡如常

你的凝视

令

万物仓皇

风

张牙舞爪

欣喜若狂

雨

狐假虎威

肆意挥霍

压抑许久的

欲望

人

我就不好说了

天花乱坠的言语

迸发出

游戏与虚妄的力量

这是九月的秋天

我在你的身旁

深夜的炙热

燃烧的是

岁月的

冲浪

你把我从浪尖

抛到了谷底

再将希望

塞回到

我的心脏

山竹

百年不遇

只因你的青睐

裹挟了

我的焦虑

和

我期待的

诗与远方

    2018 年 9 月 15 — 16 日

与自己和解

> 黑夜终将过去
> 曙光即将来临
> 你
> 虽捆绑了我的肉体
> 却无法束缚
> 我追求新生的灵魂
> ——告别 2019

一

与自己和解

先睡他个昏天黑地

无梦亦无神

任压抑许久的黑天鹅

肆意游逛

可是,一束光射来

照亮了

疤痕

那道荆棘

布满

心窗

你颤抖的手

被

想要抚摸的欲望

灼伤

捆绑的躯体

亦由剧痛

流淌

你不知道

跟自己和解的路

有多长

也许

趁月朗风清

用舌头

舔掉

心的忧伤

再不然

凭窗外狂风大作

用你澄澈的双眸

回视

多年来的

劳累与紧张

让泪水

扑簌簌地

清洗你自责的

心房

跟自己和解

唤醒

身体每一个细胞

从头发丝到

脚指甲

深深呼吸

初春的芳香

然后

凝视周而复始的

雾霾或春雷

在那面巨大的落地窗前

左手握住右手

拥抱言和

倾诉时光

午后艳阳

倾泻在残美的身上

如泣如诉

亦歌亦唱

而心

若莲花

恬淡虚空

宁静绽放

二

响晴的春日

澄碧的天空

划过

带哨的鸽子

仿佛为大海铺上了生动的音符

清晨的风

温柔的体贴

暗暗私语

让你

跟

走过的路

和解

那一束阳光

投射到远处的钢筋水泥丛林

斑驳陆离

仿佛构筑了一个

魔幻童话游戏

那里

你是公主

在等待王子的

拯救

可是

你不是白雪公主

却在寻找白马王子的路上

跋涉一生

那是西西弗斯式的

单纯

无望

亦是普罗米修斯般的

热情

高涨

遍体鳞伤

也在所不惜

                2020 年 3 月 4 日一稿

                3 月 27 日、28 日修改

晒背图

入伏以来
全网晒背图
像雨后春笋
铺天盖地
席卷而来

勾肩搭背的
匍匐前进的
坐如钟摆式
弓腰驼背式

各类身体曲线

极尽柔韧之能事

花样百出

无不

汗流浃背

养生益智

遮阳渔夫帽

搭在脸上

若游来游去的浮云

掩饰了

大张旗鼓

滔滔不绝的

嘴

面若桃花

今天

立秋后的第二天

久违的太阳

终于在海拔一千七百米的高原

露了脸

我也东施效颦

晒了后背

先是坐在椅子上

可椅背的木棱遮挡阳光

后背无法呼吸到阳光的热烈

于是

慢慢直立

弓起后背

让炙热与皮肤亲密接触

刹那间

温暖

如一碗湿冷天气里的热汤面

缓缓从

胃

滋润到

全身

那股暖流

一条条

一束束

宛如清澈滑润的温泉

细密柔软地

漫流过

后背的每一根

神经与细胞

也催开了紧紧束缚着的

衣裳

它继续流淌

缓缓

褪去

左臂上的防晒服

赤裸裸的手臂

吸吮着

母亲般的热烈与激情

坦诚

而毫无保留

若婴儿般自在

风

不时掠过

清凉舒爽

汗也会在背上冒冒头

当然

手

不会闲着

擦汗

遮风

挡蝇

揉搓

晒热了的脊梁

静默的时光

一人独处

风

也被太阳

晒回了家乡

蜜蜂的嗡嗡嗡

打破了

亘古不变的沉寂

为灼热的阳光

添砖加瓦

半个时辰

皮肤泛红

未涂防晒霜的后背啊

向我表白说

够了

够了

于是

把身体

装入

无华的服装

等待

下一次亲密的

阳光

这时

天很近

人很低

心亦不再流浪

    2023 年 8 月 9 日 于腾冲伊甸园

正念·身体·扫描

沉静如一股清流

瞬间滋润全身

扫描之前

身体是一个词

整合了那个不知疲倦的躯干

伸展

收缩

狂躁

压抑

日复一日

周而复始

扫描之中

想象白光闪过

闭目养神

眉宇之间的川字

照常升起

那是额头摆布的

紧箍咒

腹部

一松

一紧

凸成一笑弥勒

缩回一皮包骨

呼吸之间

生命

有趣又无聊

放松腿的时候

肌肉反而绷紧了它的情绪

子弹一般要冲出身体的桎梏

手臂也恰到好处地

挥舞着多余的脂肪

颤巍巍地宣告

我在这儿

臀部看似稳如泰山

实则也洇湿了床沿上的

床单

那是汗水的轨迹

只有脚趾

安然无恙

对一切的发生

置若罔闻

那种感觉

就是

平淡

啥都没有发生

它的神经

不会

自作多情地

弹跳

彰显

坚硬的脚板

扫描之后

我的心

抚平了
我那各个器官
都会说话的
身体

呼吸
润泽而绵长

     2023 年 9 月 22 日修改

借由同意，你便获得了力量

多年前
"如果"是你的情人
"逃避"是你的化装舞会
虚幻、浪漫而五光十色
你为缤纷的色彩而陶醉

于是
你把生命活力也丢在了风里
没有笑容的愁苦
烙在你脸颊的皱纹上

深深的

宛若刀割

即使是摔倒在地的那一刻

疼痛也只在伤疤撒上

一把盐

而今

你把它们拒之门外

娇嫩的绿叶从秃头的枝干上

萌芽

发出欣喜的呼唤

又从枯黄颓败的成熟里

蕴蓄出坚忍的力量

春夏秋冬

周而复始

相信我

那是你生命的希望

来吧

单单直面此刻

这一束

照耀心灵深处的光

即使孤独

也要

微笑地对它说

是的

你可以

可以

驱赶

内心的恐惧

无论它是怎样的疲惫不堪

衣衫褴褛

甚至

满目疮痍

它都是你的

荣耀

来吧，接受它

深深地呼吸

缓慢地、深深地呼吸

展开嘴角开始我的微笑

当然也展开你的微笑

你就在那里

微笑的时候不是很美吗？

借由同意，你便获得了力量

请温柔地

呵护生命吧

无论它是怎样的柔弱

或坚强

成熟

或稚嫩

激烈

或缓慢

丰盈

或残缺

它都是

唯一

不可复制

同样也

刚强坚忍

无所畏惧

因为那个时候

我们就跟所有的一切融合了

     2021年1月1日 新年寄语

山,就在那儿

往昔的日子

就像高黎贡山上的云雾

不知何时就飘散了

即使再聚成莽莽雪山

也云外有云

不是原来的模样

山

沧桑伫立

目睹

云雾缭绕

散来散去

暴雨倾盆

灿烂骄阳

花开花谢

随雨打风吹去

树枝繁茂

树叶凋零

年年重生

长河奔流

众生欢唱

而山

自岿然不动

在大山面前

语言是苍白无力黯然失色的

它无法细致描述那些仰赖大山
安然立命的动植物们
生命的起起落落　生生不息

然而
语言又是带有魔性的
它会在你心中反复播放
颂赞那些生命培育生命、生命造就生命的神奇
与伟大

是的
在它面前
你只有敬畏之心

言语
可以销毁历史和记忆
可它不会

消融

存在

就像锁在自家庭院里

你只会如井底之蛙

看到那一片天地

而山还在那儿

巍峨耸立

    2023 年 8 月 16 日 于云南腾冲伊甸园

        晨曦冥想有感而作

后　记

　　这是在学术研究外，我的第一部现代诗歌作品集，也是第一本写给自己的书。

　　本书的构思起点源于我对数年来漂泊生涯的慨叹，痴心妄想寻找一处能够安抚内心的精神家园，因而书中内容主要撷取了自2002年博士毕业至今在教学与科研时间之外写作的现代诗。特别是自2017年以来由于选择了另一种生活方式，于中年疲乏之际申请了国外访学项目，想在更远处寻觅自己的诗意生活，因此繁重的工作与学业压力便滋生了许多灵感，它们分别在广外、深大、苏黎世大学等不同院校里开花结果，更为特别的是在象牙塔以外的大自然里焕发了勃勃生机，这是我事先没法预见的。而2019年回国后接踵而至的是从天堂到地狱般的重疾打击，更是让自己的人生跌入深渊。向死而生后的生命重建过程中，诗歌创作再一次成为自己心灵的慰藉。所选的大部分诗作皆触景而生，或对身体生命的由衷之言，没有刻意寻求一个统一的主题，但这种杂思、杂感中回响的或许正是这前半生不断探索的心灵轨迹；诗集篇幅虽短，然寄意悠长。

自媒体初兴时，我早早便加入其中。本书收录的文章、诗作，除小部分在纸质杂志、月刊中发表之外，大部分皆已发表于我的博客、公众号等自媒体平台之中。其中，2006年以来的文章大多发表于我的新浪博客"尼欧侠客"中；而2015年以后的诗文大多发表于微信公众号"品读春秋"与"欧行杂记"之中；而在瑞士访学所写的部分诗歌，除有特别标示外，相关信息及资料大多是查询了Google、维基百科等媒介资源。

春华，秋实，夏炽，冬寂，年岁已往，而我的诗歌在今日也终有幸结集成册，我深感欢欣与满足。在此，特别致谢过往一切的生命经历，它们变成了我的隐形披风，护佑着我一路前行。感谢我的家人们，为爱付出的一切代价。此外，还要感谢我的女儿孔子易与我的研究生周洁。成书之际适逢我抱恙在床，是我正就读高二的女儿不辞烦琐与辛劳地牺牲了自己的时间，在家中耐心地将我散落夹杂于各个课题与论文中的诗歌一一找出与分类，才为本书确立了最初的轨迹；而我的研究生周洁也为本书的形成做了细致的整理与编排工作，其较强的逻辑思维在编排中体现得十分周到，令我欣慰。在此一并致谢。

深秋是成熟收获的季节，就像自己曾经写过的：

最爱你成熟的金黄

散发着婀娜的芬芳

你就这样
行走在冬日暖阳的恩赐里
完美是不可能的
因为
生命也一直在走着，走着
沉浸其中吧
不要错过
那神奇的片刻
文学却令我们永远年轻

特此奉上。

2020年11月于天津仁恒
2023年10月23日于深圳深云村